Alape, Arturo, 1938-
   El Caimán Soñador / Arturo Alape ; ilustraciones Patricia Acosta.—
Bogotá : Panamericana Editorial, 2003.
   40 p. : il. ; 22 cm. — (Sueños de papel)
   ISBN 958-30-0993-8
   1. Cuentos infantiles colombianos 2. Caimanes - Cuentos
   3. Pescadores -
Cuentos I. Acosta, Patricia, il. II. Tít. III. Serie
I863.6 cd 19 ed.
AHP7654

          CEP-Banco de la República-Biblioteca Luis-Ángel Arango

Ex libris

El Caimán Soñador

Editor
Panamericana Editorial Ltda.

Edición
Adriana Paola Forero Ospina

Ilustraciones
Patricia Acosta

Diagramación y diseño de cubierta
Diego Martínez Celis

Primera edición, abril de 2003

© Arturo Alape
© Panamericana Editorial Ltda.
Calle 12 No. 34-20
Tels.: 3603077 - 2770100
Fax: (57 1) 2373805
E-mail: panaedit@panamericanaeditorial.com
www.panamericanaeditorial.com
Bogotá, D.C., Colombia

ISBN de este volumen: 958-30-0993-8
ISBN de la colección: 958-30-1112-6

Impreso por Panamericana Formas e Impresos S. A.
Calle 65 No. 95-28. Tels.: 4302110 — 4300355. Fax: (57 1) 2763008
Quien sólo actúa como impresor.

Impreso en Colombia   Printed in Colombia

El Caimán Soñador

Arturo Alape

Ilustraciones

Patricia Acosta

SUEÑOS
DE PAPEL

PANAMERICANA
EDITORIAL

A Manuel Arturo, hijo mayor
y primer escucha de esta historia.

Expertos pescadores de tortugas y mejores para la caza del caimán, le habían puesto el ojo y mandado el quite con cuchillo en silencioso nado y lanzado con destreza la atarraya desde la canoa para atraparlo en las corrientes del río Coreguaje. Audaz y marrullero, el Caimán Soñador, al darse cuenta de las intenciones criminales de los hombres, derecho buceaba hacia la cueva que había construido a coletazos en el fondo del río y paciente esperaba a que pasara el peligro.

Entonces, los hombres desconcertados subían la atarraya como gigantesca alga solitaria, y el Caimán Soñador en lo profundo del río se reía de los humanos, a quienes había embromado con su ingenio.

Las burbujas que flotaban en el agua eran sus carcajadas. Salía de su cueva a encamarse en la playa cuando los vientos peligrosos dejaban de soplar.

Curtido, Caimán Soñador asolea la panza, según noticias que ha hecho correr, para mejorar la calidad de su piel de piedra rugosa y ajustar el tiempo que necesita para su sueño y así soñar los sueños de todos los animales de la selva.

Duerme desde las once de la mañana hasta
las tres de la tarde. El domingo cambia de horario
porque guarda reposo y, en silencio metido en su cueva,
piensa en la próxima visita que debe hacerle su íntima
amiga, la Mosquita Verde. Piensa en los innumerables
sueños que ha guardado en su memoria para contarle
a su amiga.

Un día de verano cuando el Coreguaje está cansado de
arrastrar las aguas y en su largo lecho yace gran variedad
de piedras y peces agonizantes, el Caimán Soñador
dormita placentero pero vigilante con el ojo izquierdo
despierto, agitando los párpados sesenta veces por
minuto, a la vez que suelta coletazos a la
topa tolondra como en feroz pelea
con un imaginario enemigo.

Ese día, en las horas de la tarde, le llega la visita de la Mosquita Verde. Ella lo despierta cuando está de suerte, con sus griticos al mover al unísono las alas y los ojos:

–Oiga señor Caimán, despierte para que juguemos a los trompos. Gota de agua perdida en el lomo de ese río que duerme estirado.

La Mosquita Verde alza vuelo y desciende sobre la agrietada cola del Caimán Soñador. Gira en veloz vértigo sobre el interminable cuerpo de su amigo medio enterrado en la arena, asemejándose a un diminuto trompo verde; girando se desliza en zumbido agudo por las placas córneas y las duras escamas y deja de zumbar sobre la testa del animal.

Deja de girar, descansa un poco en su afán de divertir
a su amigo. Un momento después, insiste con
sus diminutos gritos:

–Se da cuenta, señor Caimán, que soy igual
a un trompo de verdad.
Ahora deme piola que voy a volar
como una cometa.

Quieta en el aire, la Mosquita Verde se echa hacia atrás
y rema con sus patas para tomar impulso.
Nerviosa, respira hondo porque
nunca había jugado a las cometas.
El viento la eleva y ella siente que su amigo
el Caimán Soñador le suelta más y más piola,
hasta llegar a las alturas de las montañas
vecinas. Se adormece en el aire
y ronronea al cabecear como
una verdadera cometa,
mientras le envía mensajes
secretos a su amigo
a través de la piola.

Se sorprende al ver desde aquella lejanía al
Caimán Soñador como un pequeño tronco estirado
en una playa lejana. Entonces, decide descender
al presentir que su entrañable amigo le hace señales
para que regrese. Se deja caer como brizna
de rocío y cae en vuelo de cometa
que comienza a colear.

El caimán dormido escarba la tierra con los garfios
de su pata derecha, que deshacen cualquier roca
en par de minutos y ahonda el hueco de su cama.
Un rayo de sol penetra su ojo derecho y ojo dormido
ronca en simulacro de río embravecido.
Las lágrimas de Caimán Soñador, emocionado
por los tiernos juegos de su amiga,
son un hilo delgado de quebrada que vierte
sus aguas en las aguas del río Coreguaje.

La Mosquita Verde revoletea por el arrugado pellejo del
animal. Al intentar caminar por semejantes vericuetos,
resbala y cae entre sus grietas. Vuela y mientras vuela es
atraída por el tic del ojo izquierdo de Caimán Soñador,
y los sesenta movimientos del ojo casi la aplastan.
Se salva milagrosamente.

De nuevo emprende vuelo y desciende sobre su ojo derecho
y con sus alitas en un descomunal esfuerzo, levanta el
párpado dormido y asombrada ve lo que su íntimo amigo
sueña: el caimán duerme en los sueños, su cuerpo flota
sobre las aguas del Coreguaje, las piedras se apartan en
las curvas del río para dar paso al más grande
y hermoso Caimán Soñador que se ha visto
por estos confines de la selva.

Habla soñando el Caimán:
–La vida también hay que vivirla en los sueños.

Un temblor acelera el
corazón de la Mosquita Verde,
al continuar viendo los sueños
de su amigo: en su lento andar
el río Coreguaje se abre en cinco
brazos. Desde uno de los brazos,
Caimán Soñador con un fuerte vozarrón
impone la inmediata quietud
de las aguas.

Otro de los brazos del río Coreguaje por el ruido
que lleva muy adentro, no escucha la orden
de Caimán Soñador y continúa escapándose.
Él en un juego de niños se lanza al agua
y en lo profundo del río juega con la arena y
la arena se vuelve espuma en remolinos
que cubren la largura de su cuerpo y en el juego
saltan como peces y burbujas transparentes
que giran en el aire, acompañadas
con sus estruendosas carcajadas...

Dormido habla Caimán Soñador:
   –No existe otro placer más grande
        en la vida de un caimán,
          que viajar soñando y
            conociendo el mundo...

La Mosquita Verde ve por el cristal dormido del ojo de su amigo: Caimán Soñador sube por la corteza de la Antigua Ceiba que todo lo vigila en la selva, se acomoda en el copo más alto de los ramajes y desde la altura observa el Coreguaje verde como un trazo de abajo hacia arriba y cuando siente el calor que le hace gotear su piel de piedra, decide coger una nube para bañarse y desterrar el sopor.

Soñoliento, Caimán Soñador no cesa
de hablar: En los sueños los deseos
se cumplen, los sueños son la
realidad de todo caimán.
Los sueños son como
la lluvia en la
madrugada.

26

La Mosquita Verde en su ansiedad presiente que el sueño de su amigo está a punto de culminar: el caimán en su sueño cambia de aguas; el Coreguaje acelera las corrientes y el color tierroso de sus aguas se confunden con el verdor intenso del mar, y el cuerpo de Caimán Soñador dormido flota como viejo tronco.

Una enorme ballena respira con fuerza y afluye un torrente de olas hasta el cielo; la ballena se dirige al encuentro de Caimán Soñador.

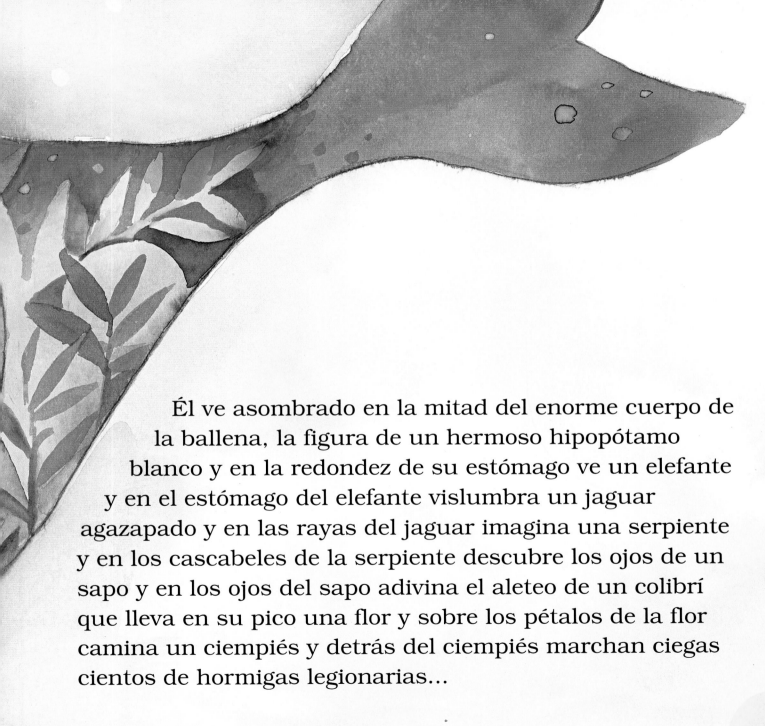

Él ve asombrado en la mitad del enorme cuerpo de
la ballena, la figura de un hermoso hipopótamo
blanco y en la redondez de su estómago ve un elefante
y en el estómago del elefante vislumbra un jaguar
agazapado y en las rayas del jaguar imagina una serpiente
y en los cascabeles de la serpiente descubre los ojos de un
sapo y en los ojos del sapo adivina el aleteo de un colibrí
que lleva en su pico una flor y sobre los pétalos de la flor
camina un ciempiés y detrás del ciempiés marchan ciegas
cientos de hormigas legionarias...

La Mosquita Verde abandona el párpado
del ojo de Caimán Soñador y
suelta una lágrima de tristeza:
el sueño de su amigo llega a su final.

Se esponja Caimán Soñador por el grito soberbio que lanza
de alegría y atraviesa la quietud del mar: Por fin el sueño
que quería soñar... El sueño de todos los animales...
El Hipopótamo Blanco origen
de todos los animales.

Al salir con cierta dificultad del ojo soñador, la Mosquita
Verde escucha el chillido del Avefría, pájaro amigo de su
amigo el Caimán Soñador, a la espera de que éste se
despierte y abra su inmensa boca para limpiarle
las muelas de sanguijuelas y de insectos.

El Avefría repite con insistencia su agudo kik-kik-kik-kik, señal inevitable de que los humanos vienen cerca del banco de arena, sitio donde Caimán Soñador sueña su sueño anhelado. La Mosquita Verde grita con todas sus fuerzas en los oídos de Caimán Soñador:

–Despierte señor Caimán, despierte por favor...

Riéndose en los sueños, Caimán Soñador, mientras sus enormes colmillos caen sobre la arena y la baba de su risa queda empotrada en la arena. Los gritos de la Mosquita Verde son una insignificante cosquilla sobre aquella humanidad dormida.

–Por lo que más quiera en la vida, despierte señor Caimán...

A la Mosquita Verde sólo le queda tiempo para escapar, su vuelo es veloz zumbido que corta el aire como si fuera una navaja.

La Mosquita Verde asustada detiene el vuelo y escondida entre la maleza, observa a tres hombres disciplinados que caminan sigilosos y van equilibrando la puntería de sus armas.

Caimán Soñador, dormido como si fuera
de una pieza, aprovechando la inclinación
de la ribera se lanza al agua;
en su sueño piensa que está a salvo.
Cuántas veces no le había contado
a su amiga de su gran astucia
para escapar de sus enemigos,
aun cuando estaba dormido.

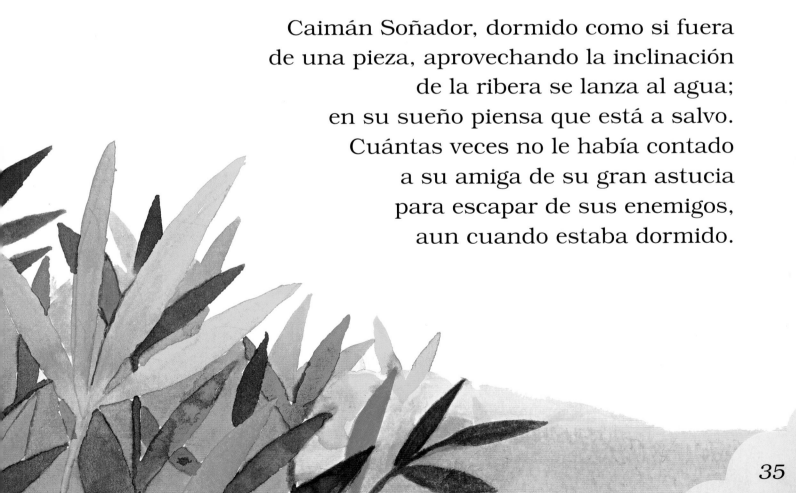

Tanto había ensayado en sus sueños ese crucial momento en que escapaba del peligro que lo acechaba. Pero ni las duras escamas de su cuerpo lo protegen de los disparos que hacen blanco certero sobre su cabeza.

Voló el Avefría inundando el cielo con su nervioso kik-kik-kik. Herido de muerte, Caimán Soñador se deslizó con las patas pegadas al cuerpo para buscar las profundidades del río Coreguaje. Detrás suyo, la sangre se esparcía como un río manso.

La Mosquita Verde fue incapaz de continuar el vuelo, su cuerpecillo de carbón verde navegó en el aire a la deriva, hasta que un día cayó sobre la misma ribera de arena, donde ella y su amigo jugaron tantas veces al juego de los sueños.